U0460075

我如云般容若

性德容若　著

北方文艺出版社

·哈尔滨·

图书在版编目（ＣＩＰ）数据

我如云般容若 / 性德容若著 . -- 哈尔滨：北方文艺出版社 , 2023.8

ISBN 978-7-5317-5984-3

Ⅰ . ①我… Ⅱ . ①性… Ⅲ . ①散文集－中国－当代 Ⅳ . ① I267

中国国家版本馆 CIP 数据核字 (2023) 第 123378 号

我如云般容若

WORU YUNBAN RONGRUO

作　者 / 性德容若

责任编辑 / 滕　蕾　　　　　　　　封面设计 / 里仁为美

出版发行 / 北方文艺出版社　　　　邮 编 / 150008

发行电话 / （0451）86825533　　　经 销 / 新华书店

地　址 / 哈尔滨市南岗区宣庆小区 1 号楼　　网 址 / www.bfwy.com

印　刷 / 武汉鑫佳捷印务有限公司　　开 本 / 880mm×1230mm 1/ 32

字　数 / 50 千　　　　　　　　　　印 张 / 5

版　次 / 2023 年 8 月 第 1 版　　　 印 次 / 2023 年 8 月 第 1 次印刷

书　号 / ISBN 978-7-5317-5984-3　　定 价 / 68.00 元

目 录

一万恒

性德容若。

　　"幸福是注定没有答案的，通往幸福的路也不仅仅是一条而已"，如果说是十万八千条，那实际肯定远远不止。我喜欢的日子，每天都是好日子，就像我喜欢的天气，无论春夏秋冬，都是好的，关键在于我喜不喜欢。可是，我都是喜欢的。若是风雨中的泥泞，那肯定是我所未经历的，正是因为经历了，于是增长了。如果说未来是好的，那现在也一定是好的。

我如风，轻轻地吹过了你的脸庞，抚摸着你的皮肤，如同亲吻着我自己，也亲吻着风。因为，我就是风。如果风猛烈了些，那也只能说明我对你的爱更加深沉。如果我只是走了八万里，那不如更远一些……再远一些……

我如泰山，巍峨耸立，清秀魅力。日月在普照着我，同样，也普照着日月。日月山河同在……看那旭日东升，光，透过云层映射着。风起云涌，云涌风起。我穿过云层突如其来，俯瞰着整个山河大地。

如果我是磐石，层峦叠嶂，那一定是爱你的形状。我的爱，无边无疆。不信，你抬头望一望天空。天空有多大，我的爱就有多大。

如果你问我，为什么是磐石，因为，坚如磐石。如果你问我，为什么是泰山，因为，稳如泰山……

因为那是我对你的爱，坚不可摧，不可动摇……

如果我们有两颗心，那一定是不对的，因为我们挚爱的心，是一样的，是永恒的。因为我爱你啊，我爱这世界，因为你也爱我。

当我驾着马儿奔跑在万里江山，那绿油油的草儿在脚下，因为绿油油的草儿装点了我的马蹄，或者说，这彻绿的草儿本就是为我沿途增添风景而设的。但是我也是马。正因为我是马，所以才能载你驰行天下。如果我再有一双翅膀，那我也将带你翱翔九州，翱翔天空……整片天空……

如果你在河的这一面，那我一定是在河的对岸。我们总是有一河之隔。那是智慧的河流，源远流长，不断地流淌……如果你希望到对岸来寻找我，那也是

好的。那就请你乘着一叶扁舟，摇动着双桨，荡漾着，来寻找我。但是你忘记了，我们是同饮这智慧的河水。这是我们的根源……正如她是我们的母亲……

我们在这人海中，人潮拥挤，在这里，我们相遇。我们相遇了，就是我们的缘。那总是好的，无论我们有没有遗憾，有没有不好的，或者说，不好的。我觉得……那总是好的……因为，那本来就是好的……

我们自己，本来就是自己，或许以后我们忘记了我们的本来，更忘记了我们曾经的缘。我们也曾彼此相爱过，也曾为彼此哭泣过。我们在街角擦肩而过，如是那便成了永远……那是可悲的……

我像飞蛾扑火，如果你爱我，那就请将灯火罩上纱罩，避免我引火自焚。我像蝼蚁爬过地面，如果你爱我，就请轻轻地扫地，那就请你轻轻地走过我走过的路，因为那是我曾经走过的路。而你正在印着我走过的脚印，我们心心相印……或许是千年的缘分，让我们彼此的脚印又印到了一起，这是我知道的，而你却不知道……但是我依然会像飞蛾扑火一般，奋不顾身地去爱你，因为我本来就是爱你的，因为我本来就是你……

我向那平静的湖面投入了一颗爱你的种子，于是长出了千万颗爱你的心。随缘吧，随缘吧，一切都是最好的安排，不是吗？握不住的流沙，即使紧紧地握着，迟早还是要流的，因为流沙，就是流沙。它从你的指间流逝，好像一点点都未曾来过一般，或许，我本身就是流沙，更或许我从未流过，而滑过你指间的，只是指间……

如果说我未曾体验过那种彻骨之痛，那一定是不存在的，正因为我体验过，所以我才产生了爱你的心，而你也一定是在分享我来自内心的彻骨之痛所带来的感受罢了……看起来不痛的人，实际上才是

最最痛的人。因为我能感受到所有人的痛，正如我能感受到自己的痛，是一模一样的……我将我的心，分成了无数份，分享给任何一位、任何一个、任何一粒……

我们迟早还是要分离的，正如我们一定会相遇一样，我们相遇过，我们未曾相遇……我们爱过……我们不曾爱过……你忘记了我，而我铭记于心，刻在骨头之上，那里有你的名字，也有我的名字……

我像云，飘在天空之上，你抬起头来，望着我笑。你看，天空上的，不是云，是天空。如果云是云，那天空也一定只是天空而已。其实，你在看我的同时，我也在俯瞰着你，这是你不知道的。我从无形又化为千万滴雨水和甘露，洒满整片大地，哺育着这里和那里所有的人……于是我仿佛不曾来过，但是我又化为了水蒸气，回到了天空，继续爱着你，哺育着你。你看到了我的有形，却忘记了我的无形……

我像影子，追着光，其实我是在追逐着你，而你却忘记了我的存在。你只顾得手捧着蜡烛疾驰前行，却忘记了蜡烛也有烧完的一天。我就在你的身后，如影随形，形影不离，步步生辉。如果你不信，那就请你回头，那是我爱你的方向……

这是遗憾中的遗憾……

这山河大地，是哺育我的地方，也是哺育你的地方。这万里长城，万里之长，万里长江万里江，高山流水水流长。这秀丽山河，如此多娇，怎能让人不爱呢……

　　让我陪着你，永远地陪着你，我就是你的心，一颗爱你的心……

　　或许我身上带着泥土，但是我却依然走过了任何一个角落。因为我觉得我是爱的，所以我不会以为是泥土，它是我爱你的见证，它也是泥土……

　　我逆流而上，冷风吹得我瑟瑟发抖。那彻骨之寒，是你所不懂的。我陪着太阳升起，陪着日落而落，我陪着你走过又走过。逆流不逆流，冷风不冷风，这是我丝毫不在乎的，因为无论冬夏彻骨，我依然爱你……

我汗流浃背，我偷偷哭泣，我泪流满面，我又背上了整座大山，驰行千里……

有情的，无情的，都是我所处的地方，哪怕是一粒微尘，也是我的存在。红尘滚滚，滚滚红尘……

我如云般容若

二 乃驰

阳光明媚的早晨，我挎着竹篮前往竹林之中，想要采那竹叶上的第一滴露水。

我奋起手臂，唱起高歌，吹响着洞彻十方的号角，请随我一同前行。

我披上那金刚锁子甲，拿上我心爱的长枪，骑上雪白的骏马，头戴紫金宝冠，驰行在所有的角落。任何一个角落，我都曾来过。

是花谢了我来过吗？春去秋来，那总是风吧？我随着流水流向远方，越来越远，最后不见了踪影，

可能也只有东风或者西风知道我的爱吧⋯⋯

看那山顶的雪莲花，幽幽明明，明明幽幽。雪莲花缓缓地绽放，是缓缓地，因为那是吉祥的。

如果大海之浪，无情地拍打着礁石，无情地拍打着船体。那无情地翻滚着的海浪啊，如果你不喜欢，那就让我来做船头帆好了，就让这无情来拍打着我。于是大海之浪拍打着我，于是我在黑暗中为你、为他、为所有人，指明方向。我展开雄健的翅膀，那洁白又吉祥的羽毛泛着微微的金光。而无情地吹着我的、彻骨的海风，也将因我而化为暖风，温暖着每一个人，带领你继续航行。迟早会到岸边的，因为我无时无刻不在岸边等待着你⋯⋯我在向你招手⋯⋯

我提起画笔来画这万里美好的江山。这壮丽的、巍峨的，是我。我何曾退缩？

"失之东隅，收之桑榆"，我未曾得到，何谈失去？我失去了该失去的，我得到了本来就应该得到的。失去与拥有，从未拥有。我不庆幸，我不悲伤。

格局、胸怀、境界、眼光……要高啊，高到看不见别人的不足，高到只能看到自己的不足。我的不足是无尽的，所以我将不足转化为智慧。高到以身正己，以身律己，正身视外。那是豁达，那更是爱……我胸怀着天下，当然，那天下肯定也一定在包容着我。我以仁德驰行天下，那大地也不会负我。仁德仁德，仁先德后。力下万恒，当所作有。

以大爱有之心包纳天地，容纳万所……当翻过了自己的这座大山，那眼界就开阔了，有什么大山能比自己还要高呢？能不能翻过山，那还是要问自己。

翻不过去的，仅仅是自己而已。要问我格局、眼光这些东西有多大的话，那我也不知道到底有多大。沧海一粟，或许一粟都没有吧。

假如我是雄鹰，我展翅翱翔于九州，那我的翅膀展开的话应该是无限大的，飞过之后，天空也不会留下我翱翔过的痕迹。

晚风来得是晚了一些，但是我不曾晚过。

如果你觉得我是悲凉的，那你就是错的，因为我是红色的。那是炽热的颜色，那是爱的颜色。如果说

冬风彻寒，那我也一定是暖的。如果我是暖的，那吹打着我的冬风也将因我而改变，并且吹向远方……

春去秋来，百草丰茂。是的，没错，是春去秋来。如果给你一点时间，我相信你一定会站在属于你的高度。那我将举酒一樽，同邀日月同饮，为你庆祝，也敬这山河大地，敬这草木万千。

厚德载物，那大地就是德了，毕竟默默地承载着万物，养育着万物，而大地从来没争过什么，却拥有一切。

国泰民安，天下太平，大同社会，应该是每一个人的责任，而国、天下、社会，有多大啊，当然是无限大！又岂能拘于一泥啊，那你的心有多大，国和社会就有多大！心啊，心在哪，那我就在哪，心又岂止是万万千千，应该是遍布一切处所吧……心

大了，眼界啊，也就开阔了。这山河大地，万水千山也在不停地为此而默默地努力呢……

你抬头看那无瑕的天空，低头看脚下不动的大地，我放下了万水千山，头顶着天，脚踏着地。可我心中却盛开了幽莲，我将它采来赠送与你，于是你也得到了我的洁白，像雪翩翩起舞于整个虚空。你要是问我，雪有多少？那是圣洁的，更是我爱你的，因为我也不知道有多少。我只知道那翩翩的，终归会归根，随风化为甘露，泽于一方。我随手抓起一把那白雪，嗅一嗅，顿时我的芳香该是香彻遍处，因为我闻到的，是我对你的心……

你看那平静的湖水，那是我爱你的眼眸。我止于静，静又生止，不生不息。我的眼眸寻遍了万水千山，山河大地。我邀你来共同欣赏这平静且又爱你的湖水，何曾起过波纹。而波纹，是我为了你我对月共樽而增添的乐趣。你看，月光倒映在了我的眼眸，你看了看月光，看了看我。我们吟诗作对，形影不离。我随手摸了摸这爱你的湖水，抚摸着那映在湖水上爱你的月光，泛起了涟漪。于是我们饮酒作对相约再次在起点或者终点相遇。我们一个往南走去，

一个往北走去……哪里有哪里啊，哪里都是这里，这里就是我们对樽共月的地方，而这里就是我们平静地躺在那平静的湖水旁的草坪上，互相聊着你对我和我对你的爱。我们相互诉说着情话微甜……

我手持曼陀罗花，那是光亮的地方，我在昏暗中为你点亮明灯，为你点亮心灯。春草年年绿，来年吹又生。我将春草化为万年的幽绿，为大地铺满草坪。我们一同躺在这草坪之上，仰望着星空，那西下、那晚霞、那爱……那雪域之下的幽绿啊，你忘记了我，可我一直爱你。我将我手中仅有的曼陀罗花送给你，

只要你喜欢，只要你爱，那都可以的。那曼陀罗花粉嫩得像孩童般稚嫩的脸……

我驾马驰行在雪域之上，我自由自在，我豁达无边……

我所爱斯是如是，广摄山海。日月当下，或为照，永不相隔。烟雨行舟，绿水当前。你当然以为我只是站在泰山之巅，展开了双臂，当然不是，我站在珠穆朗玛峰之巅，那是世界的屋脊。清晨的第一缕阳光照射到我的脚下，而脚下万年不化的积雪同我所在，映射出的淡淡微黄的吉祥之光洒满整个大地。所照之处，皆得安乐。而我所处的地方向我吹来的凛凛寒风，更将因我所转，化为暖风，哺育着世界。你猜，我的眼眸有多大？我的眼眸无边无际，我以宇宙之眼大观世界，得到了当下的一粟。

　　你或许会问我为什么总能化成暖风，以为我是温柔的，总能抚摸着你的皮肤、温暖着你的心。你觉得我是温暖的？当然不是，我若电若雷，如迅猛之洪水，如狂风暴雨，如电闪雷鸣。我包藏宇宙，容若宇宙，力拔山兮气盖世。我冲锋陷阵，威震八方。

　　我取沧海之一滴水，如是大海之藏，大海之渊无穷无尽，其中宝藏若电若雷，无尽其中，此一滴水滴洒落于我的丹田，其中妙有生万千宝树，这是我爱你的结果，就像你永远都爱着我。只要你有一颗爱我的心、一颗挚爱我的心，那我将永远如影随形、伴你左右、不离不弃、大地为证。

　　我有一面镜子，我爱它，我们互为母亲。它也将照彻万事万物。洞彻明了，明心通达。你看，天空下起了雪，大雪纷纷，它却能悉数知了多少颗雪花……万来同风起，吹来何所似啊……

　　江南啊江南，烟雨啊烟雨，我们沉浸在其中，陶醉在当下。多少楼台多少阁，空寂寥寥会炊烟，江南诗情画意，那应该都不如我来得更美了。如是一蓑衣，当爱我最是……

　　"条条大路通罗马"，人人皆从罗马来。那是比喻。那是神圣的地方，是我爱你的起源。你不会知道我是谁，永远都不会知道……"鲲鹏展翅九万里"，那就再加一万里，你我如是同知……

三 融镜

　　我无意间看到了这样一句话，"静若处子，动若脱兔"。我们是不是可以这样理解：静中存动，动中存静，脱兔如若狂奔。假如静是我，那我不动则静，假如我是动的，那我应该像兔子一样执着，狂奔不息。因为兔子老是顺着自己走过的脚印重复走，狂奔不息。所以拿兔子比喻执着狂奔。所以人只有了解到自己的无知，才能真正从骨子里谦和起来，不再恃才傲物，咄咄逼人，更不会唯我独尊。所以说，我们越活越平和，越活越随性洒脱，越活越爱每一个人。我们站得高，但是活得低……我们每一个人都是独

一无二的。我们谦卑，我们爱……

我们用温柔化为惊喜和祝福，将平安喜乐送给每一个人。我们无法知道别人的苦和乐，但是我们却可以将心比心，我把自己的心换成你的心，"我穿上了你的鞋，驰行千里，磨破了双脚"。于是，我同为感知你的苦，于是我更加爱你……与其说诗和远方，不如说诗和当下。因为远方不曾来过，过去也已成过去，而当下的喜乐才是骨子里的诗……

我们有三把钥匙，一把是改变自己，那另外两把仍然是改变自己。我们只有改变自己，才能感化他人，何须要求别人做什么。我们从心中不断生出烦恼，就好像疯狂地收割春草，而春草的根却仍然留在心中，来年啊，吹又生了，不转过来让其生智慧，那生出来的也一定又是烦恼。当我们转过来再用慧

眼达观妙所，你会发现原来处处都是爱，因为我们一直爱着，从未停歇。

　　我们短暂而又短暂的一生，不断地擦肩而过，失之交臂。我们最幸福的，应当是内心最深处的爱。当岁月之痕慢慢地爬上了我的心，我的爱却不曾老去。当我的眼角慢慢地流下了爱你的泪水，只因你永远处于朦胧……你看，我像是太阳，无论你爱不爱我，我都不停歇地在哺育着万物……

"仁至义尽"，我们的仁何曾有过尽头啊！哪怕
山崩地裂，那我仍然是大地。我从容不迫，我处变
不惊，我临危不乱，我表里如一，这是我骨子里的。
我翻过高山去寻找大海，我疯狂地疾驰，却发现翻
过高山，仍然是高山。我忽略了沿途美丽的风景，
却忘记了我如影随形。当我汗流浃背的时候停下了
脚步，发现我脚下站的，正是大地。而我，就是我。
无论是暴雨或者是南北风，你当然可以随意地吹打

我，来的和未来的，都将因我而转变。在这个纷繁复杂的世界，看着人们因为妄而不停歇，我的心应该是流血的。

我宁静，我明镜，我反省，我反省，我致远，我温柔，我善变，我沉淀，我如大地，我像虚空。

我是一枝玫瑰，那我还是赤红的，我的茎上生长着刺，划破了手指，流出了鲜血。或许你不懂，或许你还是不懂。

我把爱的种子，种在了我大爱的土地里，开出了我爱的花，没有未来，我不会放弃理想。我对未来更不会期待，哪怕我将自己的灵魂沉浸在那不堪的泥泞中，我心永恒。因为我在当下。

纵然我阅遍了万水千山，我爱你，爱到了骨子

里……我从未丢失过自己。我应当学会宽容,我本自由。我是一缕清风,我拂过山岗。

我希望我年轻,那我应该是永远年轻,岁月永远不会将我变老。

优雅、透彻、自由、洒脱、灵动……这些东西应当和我合为一体、永不分离的。我是水中的锦鲤,也是水中或者空中的龙。我百花齐放,我绽放生命。

那山，那树，那水，那岁月，那我。

这山，这树，这水，这岁月，这我。

春暖花开，我的芬陀利花在无限地绽放。万恒则胜于雄辩，当持众樽。

若问海水之大浪，可曾对我许君心。原作君心不可得，如是浪石为相知。千年一梦为佳期，任他作用下西楼。万里黄沙遮蔽日，北风送走雁南飞。倾国倾城两相欢，醉倚琼楼宣妙观。

或许我骑着双峰骆驼，悠闲地走在漫漫无迹的沙海之中，当你再想寻找我时，我已消失在沙海，不见踪影。于是你对着那漫漫的黄沙，想冲我拼命地呐喊，无济于事……

　　我们有目标，虽然路途可能很远，但是至少目标是有的，我们可以顺着这个目标砥砺前行。我们进一步，便能得一分欢喜。可能遥不可及，但却不失本心。无论多么遥远，总能到达的。

　　假如明天将是最后一天，那我今天一定会是快乐的。我们用自己创造出了一个伟大的时间和空间，却又忘记了我们本来就更伟大的自己。我们过度地流逝时间，却同样是在流逝自己，如果说时间能冲刷一切，却永远冲刷不掉自己。我们以有限的生命，获得无限的绽放。那是芬陀利花。

　　我的眼睛下着雨，心里却为你撑开了无边大伞……如果平安喜乐，那你也将永远平安喜乐。而这也是我对你的爱情。不过我的却是永恒不逝的。

任他电闪雷击，我不动摇。

风可以吹走一切，而我不会顺从。

哪怕我应该是拄着拐杖，一步一步又一步地登上那山之巅。我亦勇猛，我与常人无异，我不缺少任何一点东西。我心平衡，我如行驰平地。在这里，我将我的双臂化为那赤金琉璃的翅膀，翱翔整个银河系，俯瞰这世界一切的一切。我从你的头顶三尺翱翔滑过，你不见我，你一叶障目，而我遮天蔽日。

你以为我是狂傲吗？那当然不是，我是因爱之最、

悲之最、谦之最，而狂傲这些东西应当是远离我的。

我的雄狮告诉我，哪怕我再腐烂不堪，那我也应该是在那最巅峰的，因为那里是我本来就应该出现的地方。

我做桃花会清风，敢问酒仙给不给。桥上桥下同载酒，不与红尘泛起舟。碧水蓝天诗画意，侧卧醉船听雨眠。芭蕉一叶不如我，大风起兮同风来。

我凛冽，我不骄，我翠绿成荫，我晶莹剔透，我万合作用，我迎风飘扬，我爱得五体投地……

我喜欢宁静致远，而我也知道，宁静也一定能致远。

如果我是向日葵，那我一定是向阳而生的。我阳光，我明朗，但是我也是太阳，向日葵在因我而生，

随我所转。我更是太阳和向日葵之间的两者作用，于是生长了向日葵子。我霓裳广带，我自由无束。

清澈的小溪不断地流淌着，而它的源头是那股清泉之眼，从那椭圆般的鹅卵石间流过，激起一滴滴微凉晶莹的水花，冲刷着我的心灵。两岸的杜鹃花，不断地透着芳香。

我如同一个刚出生的婴孩，我无忧无虑，只懂得

啼哭，因为我在啼哭中寻找幸福。后来我长大了，却忘记了我本自拥有的幸福，那一轮明月，不会成为我的羁绊。我或许是一道曙光，伴随着晨曦一同降临。我是天使，任何的一切都不会成为我飞翔的障碍。

我举着双臂，手里拿着一缕长带丝巾，冲进那稻田当中，惊起一群布谷鸟。它们飞翔，而我继续奔跑。我手中的丝带啊，那当然应该是金黄透明的纱丝了，而我置身的稻田，这也是我亲手种的。因为这是我曾经挽着我那沾满泥泞的裤腿，弯着腰，汗流浃背所种。我对着那一望无际的金黄稻田呐喊："喂！你还记得我吗？"

而它们应当是具有一切的。

彻夜，我突然醒来，拉开窗帘，企图让阳光照射进来，照亮我这充满昏暗的屋子。我们生活在一起，无比幸福。窗外是那片我曾经一手栽种的竹林，如今它已然是节节升高，黑夜中，我似乎能感受到它的竹叶是开着花的。而它的竹叶与微风相互作用，沙沙作响，充满韵律，犹如那水晶的叶子，犹如那风铃，那是翠翠的声音。

不要以为悬崖峭壁就是不可攀的，哪怕我仅有一

只手指，那我也应该是紧紧地钩在那悬崖之上的。但是你可不要忘记了，我还有一双赤金琉璃、遮天蔽日的翅膀和那洁白如玉的羽毛。我做了一场千年大梦，醒来发现我们原本就是幸福地生活在一起，于是我又对着那大海之藏呐喊："喂！你还记得我吗？"这一次它回答了我："我记得，我永远都记得，不曾丢失，我们为永恒。"

我笑了，哈哈大笑，原来那万水千山就是我。

天空、大地、大海，它们问我，你还有什么疑问吗？我当然是没有的，那是永恒的沉默、芬芳和那无限的大海之藏。我化为一根针，进入那大海之底，发现了那无穷的美妙旋律。

我将我的耳朵贴在大地之上，静静地谛听大地给我宣讲的美妙话语，无有间断。

或许是神秘的面纱遮住了你那饱满绝妙的脸庞。

但是无妨，我的心目看得见。

我是一片冬季的银杏叶，为什么？因为那是金黄和吉祥安康。

我跳到宇宙当中，含着热泪，咬破自己的手指，在宇宙的面上，深深地刻下了赤红的、我爱你的永恒。

我敞开胸膛，那就应该是荡胸了吧，因为我的荡胸，所以天下大小。于是我对着大海说："你就是我清晨的一滴露珠。"大海对着我点了点头说："是的，我也是一滴露珠。"

春之歌，似乎总是企图寻找它的旧垒。

我从这个无知的世界中逃脱出来，然后我又心甘情愿地浸泡在这个无知的世界。

我置身于黑暗，但我从不恐惧，因为我有曙光的铁拳。如果你置身于黑暗，那就请你也不用害怕，

因为我一直站在你的背后。我将击彻万物。颠沛流离的旅程从不会使我忘记我的本来面目。我披荆斩棘，我快马加鞭，我风雨兼程，我所向披靡，我将光芒万丈，照彻整片大地！

我的马鸣声撕裂长空！我紧握着我的三叉戟站在马背上，做出胜利的样子！

我伸开双臂，置于长空，我要走的路，向来都是由我自己决定！如果黑暗中只剩下我一个人，那我也将会是最具威力的雄狮，威震十方！

于是我将我手中的三叉戟扔向长空，我用它击碎了那层层维度，破裂的维度中透出的大吉祥光，洞彻那最深最深的深渊，让黑暗无所遁形！

我拉开弯弓，朝向前方，三箭齐发！

我从不寄托于任何希望，因为我本为曙光！

我本为雄狮，我却是最温柔的。

我
如
云
般
容
若

四
飞
华

　　若闻于虚谷，不暇于空想。静闻兰花香自寻，弹指刹那得芬芳。我以无声，和无所声，无我，和无无我。轻轻地穿过那层层的云朵，最后突破那最后一层、一朵。然后，那里是吉祥的颜色，于是我坐在一朵大莲花的花瓣之上，那吉祥的花瓣，花瓣的尖尖泛着粉红。而那大莲花，竟然有无数颗花瓣。每一颗花瓣，都有一个我，我座下的花瓣，应该是铺天盖地那么大。因为我的心大，所以它也大。如果我愿意，我可以用它来遮住整片天，而这仅仅是我座下的一片莲花的花瓣，仅此而已。那莲花的花瓣上，同样

泛着无数种吉祥的光色。你看看我吧，我请你看看我。这是因为我出淤泥而不染的结果，同样也是我因爱而种下的种子得到的结果。而那莲花之上，同样站着一个我，我们发出无限种光芒，来普照整片大地和那整片虚空。让那所有的所有，都能出淤泥而不染，让它们都能沉浸在吉祥当中。我无处不在，无根不生，我爱这一切的一切。

我吉祥，我威严，我庄严，我微妙，我自在，我止水……

你是否会觉得我需要灯泡来照亮黑暗，当然不是，因为我的头，就会发光，而给我充电的，就是爱……

你是否会觉得我仅仅是头会发光，当然不是，我身上的每一根汗毛，都能发出无限种吉祥光，而给我充电的，依然是爱……

我们因爱你而来，最终还是要到爱里去，我的爱，无边无疆。

我希望我是所有的，当然你也一定是所有的。

我们在和不在的，都没有任何分别。

我站在海边的礁石之上，望向远方的海，我对着远方呐喊，我该是让这普天同乐的人。于是他们乐一分，我便欢喜一分。未来并非遥不可及，未来亦是脚下。我那薄薄的衣衫，依然随风飘扬。我对着这天地，肃然起敬。

曼妙舞姿舞竹影，西风扶柳弱八风。我以八来转八所，摄花含笑柳传风。沧浪斜照沧浪所，山川炊烟相与欢。

你看，我以我的光芒照射你，你以你的光芒来照射我，我们互相赐予吉祥，我们不言语也能知道对方心里在想什么，因为我们本就是大地，无所动摇之根本，如果说我能发出光芒，那肯定了，我的汗毛，也一定是能发出光芒的。这向来就是吉祥的。

所以，我想问问我自己，我比黄花瘦几分？我不知道。

所以，我想告诉我自己，大小梅花一样香，这个我知道。

所以，我想告诉我自己，梅花亦是我，香亦由我而发，这个我知道。

晚霞的宏光披在我的身上。

那瀑布流水三千，飞流直下，溅射的水花晶莹为我。

　　这水花四溅，我用双手伸向那清澈见底又不见底的水潭中，捧起来尝了一口，可真凉爽，这恐怕是我这辈子最快乐的，也会永远地快乐下去。

　　假如我是风，那我肯定是风。

　　假如我是水，那我肯定是水。

　　假如我是狮子，那我肯定是狮子。

　　假如我是风，那我肯定应该是龙卷风，也应该能横扫一切，席卷八荒。

　　假如我是水，那我肯定应该是大海水，也应该能沉浸万物，容纳万所。

　　假如我是狮子，那我肯定应该是狮王，也应该能恫吓万千，震慑十方。

　　我能承载却又容纳，我能包容却又勇猛异常。那我该是这世上最勇猛的，没有人能赛过我，因为我并不比任何人少点什么。

于是，你也更应该比我勇猛，因为，你更不比我少点什么，这是一样的。

我一定会争气，为我自己，为了人们，当然要扬眉吐气了。

而我最值得扬眉吐气、最值得骄傲的，就是成就这份能容纳万千的爱。你该是恭喜我的。同样，我也会恭喜你。这是我唯一能拿得出手的东西。

五 随风

我这么甜，我应该是躺在春风的摇摇椅上，听着夕阳西下的美妙旋律。那如同棉花堆里的爱，妙不可言。

沏上一壶好茶，我静静地听着雨滴的声音，那千年的旋律，回荡回荡。

我把爱无限地延伸，延伸到每一个角落。

瀑布结了冰，那就变成了银川。

我是燕雀，亦是鸿鹄。

你不必向我倾诉冬寒，我只知道凌梅傲雪，或许那是春天的永恒。它幽若明明。

傲骨这个东西，是拔不掉的，我将它种在了我的大地之中，永远与生俱来。

八面寒风向我吹来，我将其转化。寒风躲着我不肯见我，于是，我到处寻找捕捉寒风，企图转化它、吸收它。

人们躲着赤火，可我偏偏往赤火里去，因为我是凤凰，那是生长我的地方。

那灯火通彻的地方，必然有我的存在，而在那黑暗中，我也将不离不弃。

我将灯火转化为智慧之光, 用它来照亮前行的路,
使我永远不会迷失颠倒。

六月三

你该当为我庄严舞的，该当如此。

国风正红，心国无边，心在，我亦在。

我静静地居住在那金黄的吉祥光中，犹如那夕阳西下般的吉祥光。我亦如那十六的月亮，静静地挂在虚空和你的心头。

毕竟，十五的月亮，十六圆。那可是真圆。

不要问我对错和是非，请捂住自己的心，仔细谛听。它会告诉你至真的答案。

快看，那一轮明月映照在湖面上，那芙蓉出水，泛起点点清波。

龙在天上飞，鱼游上了岸，凤凰涅槃，浴火重生。

夜里起了风，我于夜风中驰行。

我仿佛看到了春天，如果春天还没有到来，那就将仿佛去掉，然后剩下了春天。

我爱你，胜过了爱时间，时间将因我而起，而我对你的爱将为永恒。

雪夜，夜里下了雪，可是雪将返照，不会昏暗。我捧起一把雪，朝着这雪一吹，于是它随风飘远，离我而去。

对酒当歌，不醉不归，过去已经过去，未来亦不曾来。趁着这醉意，来提笔舞江山，我于画中游。

我在桂花林中，摇晃了一下，洒落了我一身的金黄。

水中花，镜中月。

夕阳映照在湖面上，得到了一缕相思之光，光的尽头就是我的存在，如果你依照那映照的路来寻找我，那我肯定是在等待着你的到来。

大雪纷纷，终归飘落在大地之上。

秋风起，落叶知秋，随风飘飘，究竟归根。

仰望别人将永远变成仰望，而并非自己所有，自己的，才永远是自己的，这意义也将为永恒。如果黑暗是合格的，那我也会将黑暗转化为曙光。努力

提升自己才为根本，提升的根本则是灵魂。

如果我放弃这如梭的光阴，那我将不见曙光。

乌云遮蔽日，可遇不可求。

一时成败不足以论英雄，一世成败化为零。

我于稳中求胜，与曙光不谋而合。

大地将唤醒我的真知，虚空也同样。

狂风暴雨之后，仙鹤飞上云梢，这是我的存在。

我划着竹筏，弹着古筝，荡漾在水面上。

七 曙光

我不希望我存在于你的回忆当中，我希望我们同为永恒。

我与烟火中寻找答案，答案从未离开这芸芸。

桃花朵朵生情情，卷不尽的思念中。我亦飘零久十年，寄给秋思说佳梦。

永生的花，在我心里绽放。我愿与宇宙共白头。

或许我是满天星，点点闪亮挂满星空。我也愿意瞒着所有人偷偷地爱你，甘愿做你的配角，随手摘

下一颗亲手送给你，安住在你的心房。我也会同这满天的星河一起为你照亮前行的路，或者让你感到浪漫至极，充满幸福和温暖。但是我仍然觉得这一切都不如你。

童年黄昏的那一抹夕阳，至今都挂在我的心头。

我轻轻地踩着云朵，在天空中贩卖快乐。我与这满天的星河与你一起沉沦。

可能玫瑰最初是白色的，至于红色的玫瑰是因为我用爱你的鲜血染红了雪白。

千金有轻重？雄焰万丈高！

何处来寻潇潇雨，月照西湖是空花。

顶级的自律，就是无底线的包容。我没有远离，

更没有我的立场，我更没有我的底线。而当你进入我的世界的时候，那就将是你陷进我深渊的时刻。我从不会主动做出选择，当你进入我的深渊，那你将会顺从我而做出选择，于是，你也变成了顶级的自律。但是，你往往都是出局的那一个。

永恒是我最好的助力，而历劫便是我蜕变的过程。如果要走的路有苦难，那我一定要将它转化为吉祥，为今后再从此走过的人做铺路，如此路上便没有了泥泞，而我也将会苦难化为吉祥，将吉祥赐给永恒。

过了那道坎，就什么都不是事，因为我化为了永恒……

我朝深渊呐喊，深渊从不会回答我分毫。

八八谛

　　如果我是闪电，那我应该转瞬即逝，如果我是雷，那我的声音应该是彻响整个宇宙的。你永远都捕捉不到我，永远。谁知道我来没来过，谁知道我响没响过。我也不知道。我是最初的闪电，我是劈响的彻雷。

　　我一直都在为你流浪。我因你而被放逐。我逆风飞翔，我穿过那曙光，来到你的身旁。

　　可是你从来都不认识我。

　　我是你的手心，亦是你的手背。我更是你的心。

我坐上那通往曙光的列车，我一个人静静地望着窗外那万物转瞬即逝的影子。我知道我们再也不会相遇，所以我珍惜眼前的每一刻。我多么希望能多看你几眼，哪怕就静静地看着你，或者告诉你，我是爱你的，我，来过。

我住在一个小山村，我不曾见过日出。可是日出来了，我便能无限地开心。我不知道山外有山，人外有人，天外有天。我不知道我心爱的你啊，你在哪里，我，想回家了……

我知道，你在等我回家，可是我不能回去，这是让我最心痛的。我明知道我的家人们、你都在，可是我不能回去……

真遗憾，我们一张合照都没有。真遗憾，只有我能见到你……

我如云般容若

真想我们一起去看烟花，一起去看日出和日落西山，一起去看那琉璃的一切永恒。可是你并不爱我，我毫无办法。

我为了你，不惜抛弃我所有的所有，包括我的亲人和那永恒的一切。我不惜把自己泡在染缸，只为我们永恒。

我住的这里，什么都没有，没有琉璃，没有日出和日落，没有烟花和三月，可是我最牵挂的都在这里。

你对我好，我一定会对你好。你对我不好，我还是爱你。因为你不懂我对你的爱，像是母亲，无怨无悔地爱着自己的孩子。

如果进行在进行，那进行必然是进行时。

我们将竹子焚烧为灰烬，可是竹节依然存在。

我知道律人不如律己，律己不如律己心，总是一味地要求别人做什么很显然是没有用的，而且是错误的。因为在要求别人的同时，别人已沉浸在自我的快乐当中硬性改变自我喜悦的状态，那他必然是会产生烦恼的。所以我知道，只要我能让别人产生烦恼和痛苦的，就是错误的。而整个宇宙当中，有无数的生命，很显然，我并不能去硬性要求那么多生命都随着我的成长而成长。而且，我也并不能明确地确定我一定就是对的。所以，我唯一的办法就

是包容了。我希望我能包容的不仅仅是一个，或者是两三个这么多，而是千千万万无数的人。他们正在犯的错，一定是因为我包容得不够完美。这是让我很痛苦的，所以我应该是哭泣的。哪怕有一个人是烦恼，都是因为我包容和感化得不到位而导致的。所以我更应该发大勇猛之心去精进，改变自己现有的包容，宇宙中那么多生命，我希望是都能够包容的。因为我爱啊，如果能为你们做点什么，这肯定是我愿意的。所以像三观这种东西，对我来说，只有一种，

那就是宇宙观。宏观宇宙。我爱这宇宙的一切人们，更爱这宇宙的花花草草及一切生命。我知道他们或许现在沉浸在自我的陶醉当中，但是总有一天他们会醒悟。因为我不停地在做，去爱他们，去感化他们。同样，他们总有一天也会爱我。如果他们对我爱的不够深，那我只好再努力体察自己、自身自正。

或许我会是温柔的，但是我的温柔里却有无限的刚烈，刚烈里又有无限的勇猛，勇猛里又有无限的威严，威严里又有无限的自由，自由里又有无限的洒脱，洒脱里又有无限的吉祥。而这种种的种种，都是由我的大爱而产生的。我爱的，必然，同样也是我爱的。我不认输，更不服输。

以极其自律的律心来律己，正所谓，己所不欲勿施于人；正所谓，吾日三省吾身；正所谓，返闻闻自性。应该不停地反省自己，纠正自身。如果说有底线，那

只能证明你还不够包容。因为包容是永远没有底线的，因为大爱无疆。但是光光是磨磨嘴皮子，那还是肤浅的，要发自内心地去爱每一个人。至于别人爱不爱我，那是他们的事，只要我能够管好自己的心，我能爱她，就够了，可是，毕竟我是真的爱每一个人。至于底线这个东西，只是针对肤浅的人来讲的。针对宏观的宇宙，是无我的，毕竟我能包容宇宙，那宇宙将无我同为一体，而宇宙中的每一个生命，都将是我生命中的一分子。宇宙为我，我亦为宇宙。爱至深，宇宙与我同体，天地与我同体。对于那宏观的一切万事万物，我都要纠正，体察自身。对于每一个生命，哪怕是花花草草，我都想对你说一句，对不起，是我对你爱得不够深刻，才使你深陷迷离、恍惚忘记我；是我对你爱得不够伟大，才使你不能洞悉真假对错，以错为真，以妄做本。我的爱人啊，我想对你深深地说一声，对不起，我爱你。我爱这宇宙一切的一切。如果我身上生出了一个疖子，那我必然不会辱骂它，而是真心地呵护它，反思自己。深刻地反思自己。

你看花谢了，草枯萎了，那一定是我对它滋润得不够。

你看人们之间充满了矛盾，那一定是我不够包容，不能感化他们。

你看有人攻击我、谩骂我，那一定是我做得不够完美，才能让人生起烦恼。

你看春去秋来，冬天大雪洒满天，那我一定第一时间应该想到的是整个宇宙的人们，你们是不是身处寒冷之中，你们吃得饱吗，你们有没有过冬的衣物啊？

你看我在路上走着，人们并没有正眼看我，对我

我如云般空灵

产生喜悦之感，那肯定是我自身做得不够，能让人们产生吉祥和喜悦。

你看大地泛起了洪水，那我一定愿意以我的身躯横卧在洪水泛滥之处，为万物抵挡住洪水泛滥所带来的痛苦，就让我一个人承担就好。

你看，天不降雨，那一定是我爱得不够深刻，因为我爱得温暖不够滋润万物，才让它们承受干裂之苦。

总之，万事万物，以我大爱为本，包容为体。我爱这整个宇宙，我能包容水火，亦能包容天地和风。就让我的爱化为春风，拂过山岗，轻轻地拂过任何一个生命的脸颊。我捧着你的脸颊，那粉嫩、稚嫩的脸颊，我轻轻地亲吻着你，就如同亲吻着我自己。

我希望我能化为曙光，洒满整片大地，为深陷痛苦或者并不知道痛苦和对错的人，指引方向，照亮前行的路，唤醒真知。

我默默地、默默地让你感受我爱你的心。

你说什么？你感受不到？对不起，是我爱得不够深刻。我的爱人啊……

无上的智慧能穿透层层维度，洞击内心根源之地，击穿顽石。

很有幸，恭喜你，能遇见我。很有幸，感恩你，能让我遇见你。如果你不珍惜，那就让我来。如果你不懂，那么我必然要做既懂，又要完美地去做的人。

我用无形的双手托起整个宇宙，用我的爱来爱它，整个世界于我手中。

我不会是那个一叶障目的人，端坐于宇宙之中，以至知和至见，正视整个宇宙。化为永恒，不会改变一点点，更不会有一点点倾斜。

我爱的是整个宇宙，不会遗漏任何一点点、一点点。那是不允许的，更是内心所不忍心的。

如果知道错了，那必然是要及时更改的。自律这个东西，应该是极度的律心，或者是极度的洒脱。我本自在自由无所束缚，因为没有任何东西值得束缚我。如果累，那就只能是自己让自己累了。至于累和洒脱，当然自己的内心应该是究竟了解、洞彻自如的，且能坚持在洒脱之上的。

累了，就洒脱一点吧。洒脱和自由不是你的本性吗？我怀揣着一颗无欲无求的心尽情地去享受快乐，而心田里的根本欲已经转化为智慧的根源，不断发芽、成长。

我的眼界到底能多远？难道仅仅是山和海之间吗？当然了，眼界大了，大到无穷尽的时候，整个宇宙的因缘线就都抓在了我的手里，包括一切山海。我观世界如观自己的毛发，太微小了，微不足道……

关键是眼和界，这两个字组合在一起，可就有意思多了。眼为我之心眸，慧眼见真，辨通真假，心

眸通达无碍，纵横宇宙。放眼整个宇宙啊，皆在眼眸之中。

如果要束缚，那我肯定要把自己束缚在智慧之上。如果有一个苹果，一个完整完美、可口的苹果，可是我硬生生地捉来一只虫子，放在苹果上，企图硬生生地让虫子来做蛀虫，企图让蛀虫啃咬一个完美的苹果。

明明怪我自己不会善巧方便，反而非要怪这所有人，满世界地怨天尤人。可幸运的是，我总是能转化为智慧。因为草根居然是智慧的根，所以生长出的一定是智慧的草。而偏偏一棵野草，居然也能开出烈焰玫瑰，香远益清。

我以第一初发心，永远安住在第一初发心上。第一个想的，永远都是我的爱人。我的一切爱人，我该爱的必然是整个宇宙，怎么去爱你们？所以我所行处，一定是日月清明的，一定是风和日丽的，一定是惠风和畅的。我自身本就是安详无比的。

平生尽意当虚月，常作春风不知舟。春来春去无所来，只识花旦任作投。雪来斯落我风流，究究何槛几度秋。竹竿立影非对日，常陪古梅松下头。本为大狂暮天席，大风笑我四海都。我与天公操天棋，不是弄潮也弄潮。

春风把我的佳思信一路顺畅地寄给了长安的故人，告诉他们，现有的爱人并不那么喜欢我。他们沉浸在自我的陶醉中，就像我喜欢饮酒陶醉其中一样。可毕竟我们陶醉的场景不一样。我对着大圆镜里的我共同举杯痛饮。我在信中描述了我的眼眸，他们说，你要爱这整个宇宙。他们把我直接带到了宇宙中，看了一遍所有的银河系，我才发现，我的心到底有多小，我脚下的地球，简直微不足道，或者说根本从来就没有落脚点。于是我哈哈一笑，为

之奈何，为之奈何。

　　我住的小山村里有一个大喇叭，它每天都在按照列表的顺序播放着歌曲，全村的人都沉浸在其中，听得津津有味，自娱自乐。可是突然有一天，一个人打开了只有他喜欢的歌曲，播放了起来，放飞了自我。然后导致全村的人都被动地听着只有他喜欢的歌。这里交通并不发达，而他们并不知道通往山村外面的路，关键是他们居然不知道有城市的存在。

　　好吧，亲爱的，来来来，陪我下一盘天棋，弄潮儿。

　　我骑着战马，拿上我那红缨枪，再次披上我那金刚锁子甲，孤身一人冲向了敌军的阵营。几百亿的大军，他们将我包围，将我团团围住。真可惜，我有万夫不当之勇。别想击败我，连企图都别想有。

　　在前进的道路上，不存在成功与否，只有不断地成功，而且终点永无止境，需要更大且不断地勇猛

之心促使我们不会堕落。请为自己的头上插上一支红毛标。因为那是方向。前行的路或许是艰难的、痛苦不堪的，可是那对于勇猛来说，是微不足道的。

　　至于沉浸在这大染缸里，我能应付得了，至于那包围我的千军万马，对我来说是微不足道的。并且我还要无比感激他们，正因为他们的激化所在，所以成就了我无上的刚猛！我力拔山河，吞吐天地，气吞宇宙如虎，万般自在如龙！我说能，就能。

　　如果我失去双腿，那还有可以爬行的双手。如果我失去双手，那还有可以洞视一切的眼睛。如果我失去了眼睛，那我还有可以辨别一切真伪的耳朵。如果我失去了听闻，那我还有味觉可以辨别。如果我失去了这一切，可是我永远都不会失去一颗爱这整个宇宙的心。而我的心能包容宇宙，那我必然能容纳万物。观宇宙而四海微。

　　我向来不会要求别人改变什么，我凭什么要求别人来顺从我的意愿，我又凭什么让别人起执着心。如果我让你烦恼，那我深深地对你说一声，对不起。所以对我来说，无时心不生愧疚，我对不起这宇宙。因为我的爱还不够温柔，需要改变的只有我自己一个人，我必将感化万千。

　　当然对于宇宙当中的每一粒尘沙，我向来不会有傲慢和偏见，因为它亦是我，我亦为它。我们同所，我们同在。我们同为一体。是为真性。

　　再后来，它就存在于我的包容里，成为我身体的一部分。所以你说，它是怎么来的呢？这恐怕要问问你的心。来吧朋友，双手捂住自己的心，对着这宇宙大声告诉我。

　　所以再看看那些沉着、冷静、精明、强干、高尚，等等这一系列行为，都无形地被我包含在其中，如探囊取物，简直微不足道。而我仅用一个字就可以代替这所有事情，那就是妙！微妙之无穷为我，收发自如。或者我根本不需要言语。这是无字的，是无言的。

我如云般浮荡

九温思

追求灵魂的枷锁，以彻入深渊永见黑暗为主，得见深渊如释枷锁，或于浅薄，不屑为伍，深渊之底亦为大光明故。

我的脑海中不断地涌出两个人，是我挚爱之人。一个是你，另一个，也是你。

我走在这繁华的街头，街头的灯火虽然通明，但是随处可熄。或许你是这繁华中的一点红，是那最亮的光，让我驻足停留，为此欢爱无比。我是爱你的。我似乎更加爱你了。

山顶一定是敞亮的，我知道这大地一定不会负我。

攀爬的过程一定是凶险的，所以我找了好多方便之门，以我自心而开。心如莲花，无不处处莲花。如果中通外直，那么，亦应不得中则中矣。

我顺路走过，问了问冬天，你好。

同心同知，同知同意，同意同恒，同恒同德。我心如此，汝亦应如此。我心非寒，可以融化万千。

来吧朋友，我们一起手拉手肩并肩，去看那颗本

来能照亮虚空的星星。

云啊云，我希望你是能承载我的。

糟糕，是爱屋及乌的感觉，直至无尽。

我是那烧不尽的狂草，肆意生长。当然我不会迷惑颠倒，我开朗，我张扬，我肆意，我洒脱。我是那蓝色的玫瑰，或许是妖姬，但是我清尘脱俗，万

里如一。如果用一朵花来表达我，那就用赤红的玫瑰吧，因为那是我用鲜血染红的白玫瑰。我拈花一笑，不过如此。

那肆意的狂草，在我小的时候，它是一百棵；当我一百岁的时候，当然，它依然是一百棵。

清流流过我心头，空色呈现一叶秋。芦花飞落两船头，吹满白雪落满秋。愿流水来水流长，清清一脉水悠悠。芦上飞枝鸟惊啼，画来恒桥画来溪。碧水清天一滴露，三千大雁低声语。冬梅傲雪我亦是，大好河山在心头。拈来桂花还桂花，夕阳几许风雨

舟？

千里江南雪，曾何几回眸。

闲挂月，映照平湖倒影中，我取一饮醉百年，坐酌青山舞三秋。

我看灼灼盛红玉，轻抚琵琶晚流霞。

万一遍所处，所处皆我所。驰行万里路，不忘为自心。我化百千亿，众所自然中。莲花究竟是，持心大地行。皮表不如一，我彻光明遍。

其兴我也，其衰亦我也。兴与不兴皆如是。欲知来世多少福，今生我亦作。当然，你看祖先和我，亦是如此，这是应该想到的。积累之难，衰败之易。其心易如此。进进退退，自不知其念之衰，以至意衰，意衰则六衰，六衰则身衰，身衰则皆衰。所以律不

为律身，而为律心，心律则斯定。

所以应如履薄冰，战战兢兢，恐不敢毁自德。大厦瞬倾，势火燎原。

深思体察究竟。并不仅仅浮于水面，这是肤浅的，是为我谛之所不容的。

身思德凝之难，深思凝德之难。难亦难，非难亦非难。天地心为作。

千里追音，捶胸顿足，号啕大哭。

今朝有酒今朝醉，同饮银河醉。

知行合一，智悲合一，知贤合一，日月合一，天地合一。一一为一一，为万发之处所，当然，亦应为所处之根。

那，零呢？智者，这是你本该了如的。

可是我积的，不仅仅是这一个，或者是这两个，更或者是自己，而是为了这十方。为了以后能福泽无量之疆。福佑万年之年。我们不为己，我们不为他。我们为亿万之众所，我们为亿万之众所万泽。希望我们再相遇时，你会像我爱你一样，来爱我。所以我大无边际，你永远都看不到我的头顶。

我们的心，本该灿烂辉煌，本该普照万处。

若肤浅又代代相传，实属可悲。

我们于烈火中来，于薄冰上行走，于思处所思，于动中做检，于恩上加万恩，于静密中静密，于凌云中彻玉，于转念中得致远。

我们本该有掀天撅地之力，惊世骇俗之能，普照万根之愿。

我为巨海万洪，冲击万所。

我与天地谋棋，以胸襟吞吐六合。以六合德于七意，以七意转作八谛，以八谛披泽四海，化四海为一心。我与宇宙不谋而合。

君子不欺暗室，更不会以暗室自欺骄逸。万震之操，天地之举。万鸿得开，我为泰山。君子以大柔为刚，秦皇汉武，亦不输矣。

竹虽坚却得柔雅，梅虽淡却凌冬傲雪，莲虽清却得淤泥而生，兰虽幽却香远益清。

洞于朦胧，大烈鸿开。明了自如，琉璃清澈。

静处山海，疾风迅雷。

日月清明，唯为性德亘古不变。我可赤手擒龙，亦可搏虎。遐风霜以君子宁。心澄澈万所，为大圆镜智之所根本。妙观天地，日月如五脏六腑，殊不可言。

愿亦愿，愿亦非愿。果亦妙果。果不能改，智不

能赐，无缘不能聚。没有平白无故的擦肩。可惜的是，你并不为知，为我泣涕涟涟。

　　如果你觉得自己拘束，那你还不如远离我，因为我本该是洒脱的。可是你接近我却变得拘束，那是不应该的。我们注重心质而非外皮。皮腐心至纯亦可。用心去体察他心，得到的必然是妙查。我们非肤浅，我们一针彻入大海之藏，而非浮于水面，初平云脚低。如果只观皮而不观骨，或者只观骨而不能观心，不能观根源发所之处，那观得万事万物必然得到的是肤浅之举，逐渐形成自我淘汰之势，大浪淘沙。

　　智者不与愚者论，请问智者，能不能挑起这亿万

吨的重担。

八百年必有王者兴，而唯我净心之门为殊胜之门，将代代有大圣出世，万世不衰。

我们怀着一颗恩德之心奔走在这红灯酒绿的街头，你我皆路人。

善者为春风拂岗。

德山路险，如驰夏冰。

仁者见圆，天宽地广。不骄不躁，不卑不亢，不喜安安。

清喜安乐，听得鸟语声。

听，无声之声；见，所见之见；闻，若闻之闻；观，妙湖之平影；斯，身在之身。万合妙生，本自能生得遍。

山河大地实属掌中微尘，得见其影爱不释手。况

身外之身，体外之体，已亦当大体无疆。

大圆镜悬空照彻，芦苇花下所眠安好。听，是蛐蛐的叫声。

大赤金琉璃鸟翱翔于九州，岂沙尘可明明乎？

我坐在那古老的门槛上，捧着脸，我粉嫩又粉嫩的脸颊。我微微地眯着双眼。当然我一定也是微微地心乐着。我的眉毛弯弯。我随手拿起一根地上的小麦草，看着小蚂蚁从脚下排着队爬过，背上扛着那点点面包渣渣，我几乎都看不清它们扛的是什么。我看着昙花偷偷地开放，菊花也开了，看着竹子又绿了一节。我安定正如。于是我静静地看着从我门前、从我眼前，挂着拐杖徒步艰难地挪动着双步走过的老人们。我依旧烂漫如琉璃一般无二。

水滴石穿，水到渠成，瓜熟蒂落，究竟光明。

夏天的蛐蛐叫声更重了，但是逐渐入秋之后它们便躲了起来，它们居然也知道冷。你尽管叫吧，没事，你叫吧。你先练着你自以为的响亮的喉咙和美妙的歌声。来年我就看不见你了，你再接着叫。

你看蝉比你叫得更猛。你们更适合一块玩耍。如果再加上一伙，还有那泥塘里的青蛙。它叫得比你们还欢乐无比呢。

我在竹林里悄悄地摆上了一桌酒，我对月把盏自饮自乐好了。竹叶和竹叶相互触碰的声音沙沙作响，就连竹叶落地的声音我都能听得清清楚楚。

我爱的人，我爱你。你们在河的对岸，而我在河的这一岸，不停地、不停地向你挥着双手。我拿着红手帕，企图能引起你的注意。不停地挥舞着，可是你并没有看见我，我的爱人，你是不是有很多心事，你可以向我倾诉，我一直在听。我未曾离开过你。

我们每次都这么遗憾地擦肩而过，我希望你是轰轰烈烈，我希望你是疯狂的。

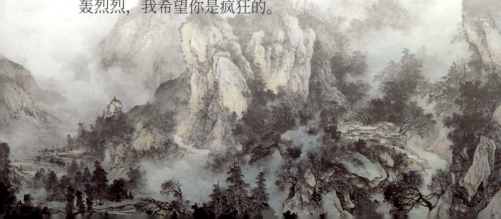

我们心怀大浪，席卷八荒，赤诚行于天下。

我觉得我的胆识和魄力足够可以，开天辟地，纵横寰宇，洞彻九州，威震八方。而眼界，总是能洞彻且明了到那内心的最深处的根源所在。

长风烈，八声咽。马蹄震霜月，沧海如龙山如雪。

关山难越从头越，雄关漫长我最长。鸡鸣山寺啼破血，万里河山真如铁。八百里雄关黄沙漫。秋风得劲战桃花。点点大江得霜草，夕阳辽阔分外是。我乃霸王举天鼎，端坐泰山观天下。遍地皆英豪。不是斜阳，也是斜阳。

"天若有情天亦老"，人若有情胜黄花。

湘阳我来得明月，天涯幽幽做天涯。关山月，观山悦。夕阳洒血画遍鸿。

明德明心，至德至性，乃大光明故。

愚人治皮不治心，天地不难我最难。治人治心不治己，是做妙论空谈想。治己治心不治人，枉为十方大英雄。智者画龙又点睛，皮骨当存斯为一。

我是灵动的，灵动也必然是我。我生了灵动，那灵动必然也生了我。我们互灵，我们互动。

对酒三千需豪饮，得落明月柳梢头。拨得云开彻光目，万由无二在心中。星星把盏做点缀，逍遥阑珊随我意。

马蹄踏破山河，吼声威震天下。我脚踩大地，头顶青天，我将手指指向大地，那万年积雪因我彻底融化，化为了爱水，灌溉天地。

我是那神圣的天使，我展开那洁白的琉璃翅膀，

我如云般容洁

我走过的地方，没有人会忘记我。美丽是因为我所生的。我走过的地方，我走过的整个世界，一切大地都会因为我所震动。我是圆满的圣洁，那是圣洁的，更是圣洁的。凡是见过我的人，都将会因我的美貌庄严所震撼触动。

我希望你能见到我。这是我希望的，更是希望所希望的。

如果世俗的火焰企图吞噬我，那我将依然无比地爱它。我将它转化为爱火。

十万合

曲中人，曲终人，人终曲中。我寻清欢，点点清波。

你哭吧，你闹吧，无妨，我不起一丝涟漪。

我遇见你的时候，天上的星星就已经挂满了天空。晚风拂面，那拂面的风中弥漫着蜜香。我便沉浸在这无限的蜜香当中，这是万爱的体现。当我遇到你的时候，我便知道了，我们难舍难分。

所以，我愿将我的一切都能安赐给这大地的一切，哪怕是一块石头，哪怕是一棵青草。我希望因我所安赐的吉祥能够让石头永远不会崩裂，我希望因我所安赐的吉祥能够让青草永远都能茁壮成长，也希望这大地的一切都能够吉祥安乐、无限寿康。

如果我有光，那我也必将普照大地的一切。当然，我知道，我是有光的……而且必定是无限的光芒……

我爱的人啊，我知道，你一定会像我爱着你一样，爱着我。

我迷上了春风和夏雨，还有那无迹的星空。你便是我藏在内心最深处的欢喜。我希望我们能以永恒漫步于其中，那漫步所产生的爱，也必然是我。

我抖一抖身上的星星，于是星光代替我和你说晚安。

回到了那最初的我，见到了那个真实存在的我，和无数个和我一样的我，古往今来的，皆同存在，我们安赐，我们永恒，我们如不动。

我们共同居于永恒的大吉祥云之上，我们互照，我们安赐。这里，我们称它为：常寂光！

我漂流在银河系的影子啊，将化为无限的温柔。于是我的眸中有了无限的你，我能看到你，你却不能见到我。我以第一观观第七之影子，我如不动大地。你动，我便知晓。

我伸手摘下一颗闪烁的星星，以我的真诚心送给了你，我希望你能永远地挂在心头闪烁，为以后的人照亮回家的路。我赠你万里河山，我们共赴美好吉祥无限。

云一朵朵地挂在天空，云卷云舒，最终还是要归还给天空，来无所来，去无所去。

江山万里澈，暖头在我心，幽幽江南翠，不见当

年鸿，昏昏不知日，明明如若知。

比起前行，似乎沿途的风景更加重要，我们只顾赶路却忘记了欣赏和陶醉于沿途的风景。比起风景，终点才是最终。而沿途的，只是洒脱。你将洒脱丢掉，却深陷苦执……

我虽然若电若雷，但是我依然是极稳的，更是极稳的……

128

山海山海啊，朝朝暮暮，不停歇。

天下为甲不自知，如是足以赛江南。时时如流水，万甲合心意。我欲少年游，天香遍三千。吹蕊纳兰德，纵所弄冰弦。唯刀劈海阔，把盏听流莺。吹吹红叶稀，三月碧水烟。明月同兰舟，野旷天高阔。

我向来都是那个最暗淡的人，但是我却希望你能成为太阳，来照亮万物。

情与无情同飞鸟，落花不知飞花来。

我向来喜欢自由，可是我从不会受到束缚，你也一样。

我要和你说再见了，我的爱人，我们今生擦肩而过，以后也不会再相遇了。在后世中，你依然在迷茫中抱头痛哭，寻找我。那无数次的同一场景，我能想象得到，就像我现在在你身边，你依然迷茫，我一直在你身边陪着你，陪你哭，陪你笑。可是你却永远，无数次地忽略我。可是我们再也不会相遇了，哪怕我是爱你的，再爱你的，但我并不能唤醒你心中沉睡的我……

在以后的昏暗中，你依然可以呐喊寻找我，我仍然，也永远不会抛弃你。

山与山相隔万里，我与你同在，形影不离……

我希望的，一定会成为我希望，你会找到我的。

我们会以另一种方式相遇，在这里，我们将会永恒。

我如云般容若

假如我没有眼睛，我也想问问你，是谁看到的世界。

假如我没有嗅觉，我也想问问你，是谁呼吸到的空气，而空气又是什么味道，这是我不知道的。

假如我没有眼睛，是不是我就不能看到这世界的一切万物，但是我却清晰地知道了苹果，而且明确了味道，于是我将它容纳了万千，化为一切处所。

如果我是骑士，那我胯下的坐骑一定会是猛虎，而我手中的三叉戟，将统摄万千。

昼短苦长，秉烛夜游。

绝处逢生是归路，柳暗花明在脚下。

银杏叶飘落的是那份坦然和平静。我在人性的前面徐徐展开。我洞彻明了，明心通达。

我能随着雪花飘落到飞花之处，任意之所。我爱的，毕竟我爱。

无所有出入，仅有保持。我保持自由，保持独立，保持一个人在黑暗中独立且永远不迷失方向。

　　我能穿透荷叶上的清晨露珠，直至那份无上的纯真。

　　所以我依然告诉你，春草吹又生！秋风吹春草！秋风起兮春草生！

　　我的爱人，我希望你也能送我一束鲜红的玫瑰。

　　我的爱人，请忘记我。我从未来过，更没有出现过在你的心头。

　　你漫天地寻找我，我已为永恒。我们再也不会相遇。

　　但是请记住，请你永远地记住！我爱你！我知道，你一定会爱我！或许是现在，或许在以后。或许我们还会相遇，或许我们再也不会见面。我们擦肩而过，就要说再见了，请你多看我一眼，哪怕就一眼……

　　我希望你是珍惜的，我希望我希望的能够实现……

我对着镜子沐浴更衣，换了一身崭新的衣服，华丽无边。然后我开始奔波，我已经逐渐不认识自己了。

可是最后，我将镜子装在了身上准备随时整理我的妆容，它是华丽的。最后，我忘记了，我忘记了！我是从口袋里拿出来的镜子，那个最初拿出镜子的我啊，是我。

然后，我回到了那个我。

青烟青烟青烟耳，万里江山遮不住，始于丹青我最红。大地不动则不冻，明月飞花自来住。

我站在海边，看着那浪花朵朵，阳光照射在我的脚下，心中的目标遥不可及，但是进一步便得一分欢喜，直到后来，我的心随着那浪逐浪般的镜花水月，我看了看脚下的大地，原来，他一直是我自己。我将我本来具有的欢喜忘却得一干二净……

　　我不停地在这世界的迷宫里寻找，寻找那些似乎是我想得到的东西，后来才知道，我想要的，仅仅是快乐。

　　我不辜负生命，我使每一天都随我起舞。

　　侥幸这件事，似乎也是必然的。

　　我的心像那狂野的金翅大鹏鸟，我将遮住这整个世界。

　　我不会下雨，可是我的心却永远为你哭泣。我不

受羁绊和束缚，我非我。

即使旅途即刻停止，我也不胜欢喜。我不喜不悲，从无对立可言。

我潜入海底，企图寻找海底最深处的空洞，似乎毫无边际。我本就是一叶扁舟，它载着我，同样，我也载着它。

我将心化为一面镜子，将照彻整个世界，无有是处。后来种种迹象表明这世界物华。

我俯视，我平视，我仰视。我忘记了自己的眼睛。我眼非我，亦为我。

看到那对立的存在，我不动不摇，心如大地，我将唤醒这十方大地，显耀万明。

我从不于悲观抑或者是乐观中寻找答案。我摸着那扎手的冰霜，也不觉得刺骨。

我拯救的是我，也是整个世界。

我唤醒这十方大地，它们春机盎然。

我将雨雪化为沉默。这大寂定是永恒的。

那些不值得我知道的东西，我向来不闻不问。但是我又全部都知道，像飞鸟划破那寂寥的天空。

雄狮沉睡，也必将觉醒。龙本自由，仍竞于天。

狂风席卷洪荒皱，浪里弄潮不为潮。

八风吹地岳不动，浪里淘沙始本金。

云水深处我做岸，八荒不来我越来。

我如云般容若

本作楚狂弄潮儿，顿地一震撼南山。

归来长安安逸安，直通穷水在南国。

摇落五岳珍自珍，洒落晴碧三千涛。

直指苍穹应如是，云盖江南八万里。

我辈当登更层云，吞吐天地我第一。

藏不藏，空不空。

圆亦圆，碧则碧。

是如是，我即我。

性斯性，尘非尘。

显通显，华更华。

少年意发意更楼，娴静清雅淡淡秋。

气吞万里压山河，云盖江南十八洲。

舞作乾坤与天公，一梭金刚大苍穹。

万里不遮九旗风，飒飒西烈狂沙卷。

登云广为天下是，直战苍穹满天飞。

统御五疆和云霓，气压银河无伦比。

大雷万击遮蔽日，化为龙虎踏山河。

匹夫百世帅，一言天下合。

举旗揽金甲，任尔大坚劲。

席卷狂风作，笑谈八荒骤。

踏马飞是定，雄威百丈兵。

华落菲芳从，杨柳自在风。

淡从暗雅舒穹碧，一抹三千得舒开。

是作广旗天下定，于来幽兰得幽安。

山河同在乃做枝，金翅琉璃无边际。

柳风吹所天地宽，今日同绿长江岸。

一缕桃花一清风，合诸明月伴我行。

普天共饮同杯酒，雄风不威大纵横。

天公与我同生醉，我乃霸王举天鼎。

穹碧海天云海生，震举大旗统威峰。

梦中楼台空高锁，席帘得垂暮醒来。

微雨曦细雁南飞，还记小蘋初见，两重心头不忘。

乾坤广袖天下衣，琵琶弦上舞罗音。

彩照当春归，不落霓虹来。

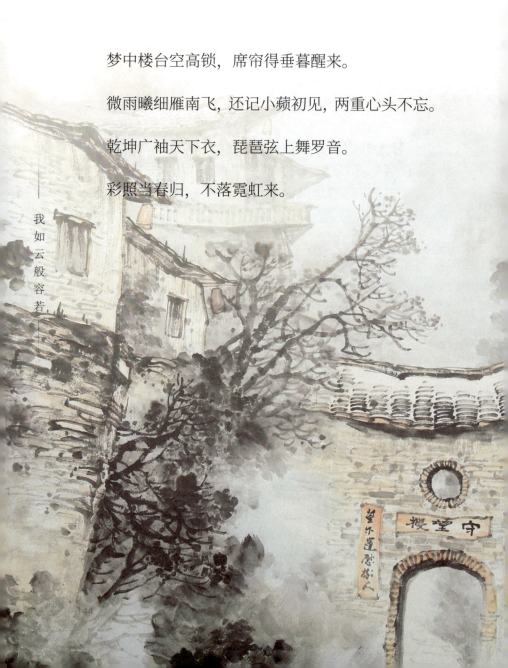

我如云般容若

人辞花面花辞树，云海碧天水芙蓉。

双燕贴面八方好，赤雪铺满长安道。

一枝清梅倚澜看，只是东畔独楼高。

千峰顶上楚天狂，俯观鸿蒙鸢鱼趣。

弱弱阿柳扶南风，娇时雪融照春水。

翩若惊鸿换蔽月，宛来游龙冲天霄。

佳面秋菊华正茂，飘摇春松上眉梢。

娴静淡雅水波行，小浓一点花比笑。

满天惊雷碧水驰，青狮苍吼升天旗。

一朝风怒劈万彻，南国春生踏芳芝。

茫茫千峰千峰指，又有何止住天雄？

静卧风雨潇潇是，随芬流水万里池。

白浪滔天幽冥燕，尽作虎郎拉满弓。

手拎日月亲射虎，只持擎天霜满鬓。

坐观巡天天下白，金镗琉璃十万里。

桃花云里耕桃花，浪击三千生白烟。

双手共举霸王鞭，只手遮盖皂天旗。

蚍蜉撼树敢换天，风雷五震缴檄文。

破晓山空君道早？鸿雁落在长安道。

弹指挥间入云霄，轻抚日月换新貌。

小轩楼窗沙雨满，突入忽来锦还乡。

威拉满弓金满月，普天华海摄中畅。

临江滔滔听风雨，赤雷紫电响万方。

三钟一撞破尘醉，小舟从此逝青郎。

浪里白条突然起，广大妙华究竟天。

性本容若生三千，云何妙云作相相。

相相所相非相相，本为究竟大罗天。

我与天雄执天棋，正威八面笑春风。

执天做棋天做盘，普海为子亦无边。

复以万光究竟智，手持三千艳阳天。

海潮随海平，天波任我生。

生生千复浪，浪浪随海平。

万法从心是，妙法自然如。

众所边千寂，妙所寂归一。

威山海镇天路开，鸿雁赤影踏雪遥。

红鬃烈马破三阵，手拉一嘶天下寒！

南飞雁，我心睹境不动，善解方便，如大海般广阔，我将心沉入大寂定中，随遇而安。过去是这样，以后也将永远这样……

我们似乎喜欢征服别人，征服生命，征服世界。可是最后往往被征服。

我不向外寻求，我于生活点滴中，寻求意义。

我悄悄地，偷偷地，给自己换了一颗心，只有明月知道。

我在彼岸拿着幽兰，等待你来觅得芳香。沐浴灌身，将那幽若明明洒遍大地。

我希望能变成云，而云同样希望能变成我，我不知道云能承载什么，但是它承载着万物，它是随和

万千的容若。它是静美的，如同我一样静美；它是
容若的，如同我一样容若。

后来你发现，山河大地变了，一切都变了，就连
自己，也变了。他们会记得我，永远地记得我，却
又永远地都不知道我叫什么名字……

我爱啊。

我爱我自己，我爱你，也爱他。

我爱这山河大地，我爱这万水千山。

我也爱我自己……